Notre collection "Mes contes préférés" dans laquelle on retrouve les plus beaux contes de tous les temps, séduit chaque génération d'enfants.

Les plus jeunes aiment se faire lire ces merveilleuses histoires et les plus âgés abordent ainsi une lecture facile et passionnante.

L'édition originale de ce livre a paru sous le titre: *The Emperor and the Nightingale* dans la collection ''Well Loved Tales''

© LADYBIRD BOOKS LTD, 1987

ISBN 0-7214-1283-1
Dépôt légal: septembre 1989
Achevé d'imprimer en juillet/août 1989
par Ladybird Books Ltd, Loughborough, Leicestershire, Angleterre
Imprimé en Angleterre

L'empereur et le rossignol

Adapté pour une lecture facile
par ALISON AINSWORTH
Illustré par CHRIS RUSSELL

Ladybird Books

Il y a bien longtemps, dans la Chine lointaine, vivait un très puissant Empereur.

Cet Empereur habitait un palais magnifique, fait de la plus délicate porcelaine, et emplit de merveilleux trésors.

Le palais était entouré de splendides jardins. Les fleurs qui poussaient là étaient couvertes de minuscules clochettes argentées, qui tintaient au moindre frôlement.

Derrière les jardins, il y avait un bois, et derrière le bois, s'étendait la mer.

Sur un arbre, au bord de l'eau, vivait un rossignol. Son chant était si beau, que même le pauvre pêcheur, qui venait là jeter ses filets, s'arrêtait pour l'écouter chanter.

Du monde entier, des voyageurs

accouraient pour visiter le palais de l'Empereur. Ils admiraient la richesse de ses trésors, ils s'émerveillaient de la splendeur de ses jardins. Mais quand par hasard, ils entendaient le rossignol, tous s'accordaient à dire : "Voici la chose la plus belle."

Beaucoup de livres avaient été écrits sur le palais de l'Empereur et ses trésors. Et toujours, on y parlait du rossignol comme de la chose la plus merveilleuse.

Ces livres étaient vendus dans le monde entier. L'un deux arriva à l'Empereur.

L'Empereur fut très heureux que l'on dise tant de bien de son palais et de ses jardins.

Mais il fut très intrigué quand il lut ces mots : ''Le rossignol est la plus belle chose de cet endroit.''

"Mais qu'est-ce que cela signifie?" s'écria-t-il. "Il y aurait donc dans mes jardins un oiseau merveilleux que je n'aurais jamais entendu?"

Il fit appeler son Premier Ministre.

"On dit qu'il y a ici un oiseau fabuleux,

appelé rossignol," dit l'Empereur. "Il paraît que son chant est plus précieux que tous mes trésors. Pourquoi ne me l'a-t-on jamais dit?"

"Je n'en ai jamais entendu parler," répondit le Premier Ministre, "mais je vais essayer de le trouver."

Et le Premier Ministre se mit à fouiller le palais. Il monta, descendit des escaliers, arpenta des couloirs, visita d'innombrables salles. Il demanda à tous les gens qu'il rencontrait, s'ils avaient vu le rossignol. Mais personne ne put le renseigner.

Le Premier Ministre retourna auprès de l'Empereur, et lui dit : "Votre Majesté ne devrait pas croire tout ce qui est écrit dans les livres. Ce rossignol est sûrement une pure invention."

L'Empereur répondit : ''Ce livre m'a été envoyé par Son Altesse l'Empereur du Japon ; c'est donc un livre sérieux. Si je n'entends pas ce soir chanter le rossignol, toute la Cour s'en repentira.''

Effrayé, le Premier Ministre se remit à
fouiller le palais. Tout le monde l'aida,
car tous craignaient la colère de
l'Empereur.

Pour finir, ils rencontrèrent une petite servante, qui leur dit : ''Le soir, j'apporte à manger à ma mère qui vit sur le rivage, et j'entends souvent le rossignol chanter. C'est si beau, que j'en ai les larmes aux yeux.''

Le Premier Ministre demanda à la petite servante de le conduire auprès du rossignol. Toute la cour les suivit, curieuse de voir l'oiseau merveilleux.

Sur le chemin qui menait au rivage, ils
entendirent une vache meugler.

"Ecoutez," dit un petit page. "C'est le
rossignol! Quelle grosse voix il a!"

"Non," répondit la petite servante.
"C'est une vache. Il nous faut avancer
encore."

Ils longèrent un petit étang, où une grenouille coassait.

"Maintenant, je l'entends!" s'écria un courtisan. "On dirait un carillon."

"Non," répondit la petite servante. "Ce n'est qu'une grenouille. Mais vous entendrez bientôt chanter le rossignol."

Ils arrivèrent enfin près d'un arbre, au bord de l'eau. La petite servante leur montra un petit oiseau, posé sur une branche.

"Le voici," murmura-t-elle. "C'est le rossignol."

"Comment un être si ordinaire, peut-il émettre de si beaux sons?" demanda le Premier Ministre.

"Vous allez voir," répondit la servante. "Cher rossignol!" appela-t-elle d'une voix douce. "Veux-tu, s'il te plait, chanter pour nous."

Et le rossignol se mit à chanter si joliment, que tous furent éblouis.

"On croirait entendre des cloches de cristal," soupira le Premier Ministre. "Comment se fait-il que nous ne l'ayons jamais vu ni entendu auparavant?"

Puis s'adressant à lui : "Très honoré rossignol! je vous prie d'avoir la gentillesse de bien vouloir chanter devant

Sa Majesté Impériale, ce soir même.''

"Je chante beaucoup mieux parmi les arbres,'' répondit le rossignol. Mais il voulait être agréable à l'Empereur, et accepta de venir au palais.

On installa un perchoir d'or au milieu de la plus grande salle du palais. Toute la cour était rassemblée. Même la petite servante avait eu la permission de venir écouter.

Tous les yeux étaient braqués sur le petit oiseau, posé sur le perchoir d'or.

Alors, d'un hochement de tête, l'Empereur lui fit signe de commencer.

Le rossignol chantait si merveilleusement que des larmes de bonheur montèrent aux yeux de l'Empereur, et coulèrent sur ses joues.

Puis il ordonna : ''Donnez au rossignol mes pantoufles d'or, afin qu'il les porte autour du cou.''

Mais le rossignol répondit qu'il avait vu les larmes dans les yeux de l'Empereur, et que c'était le plus beau cadeau que l'on puisse lui faire.

Et il chanta de nouveau, de sa voix délicieuse.

A partir de ce jour, le rossignol vécut au palais, dans une cage d'or. Il ne pouvait en sortir que deux fois chaque jour, et une fois la nuit.

Douze domestiques le retenaient alors, par une cordelette de soie, attachée à sa patte.

Dans tout l'Empire, les hommes, les
femmes, et les enfants ne parlaient plus
que du rossignol.

Un jour, un horloger fit un présent
à l'Empereur. C'était un rossignol
mécanique en argent, couvert de diamants
et de pierres précieuses.

Lorsqu'on le remontait avec une petite clé en argent, l'oiseau pouvait chanter l'un des airs du rossignol. Pendant qu'il chantait, sa queue scintillante d'or et d'argent, montait et descendait.

L'Empereur était enchanté de son nouveau rossignol qu'il installa à côté du vrai. Les deux rossignols pourraient ainsi chanter ensemble.

Mais, alors que le rossignol mécanique chantait toujours le même air, le vrai lui en inventait chaque fois de nouveaux.

L'horloger raconta partout que son rossignol mécanique valait cent fois le vrai.

"Avec le vrai, vous ne pouvez jamais savoir quel air il va chanter," expliquait-il. "Mon rossignol à moi chante toujours le même, et il le chante à la perfection."

Alors, on laissa chanter seul l'oiseau mécanique. Sa voix était aussi belle que celle du vrai rossignol, et il était beaucoup plus joli à regarder.

Il pouvait répéter inlassablement son air, sans être jamais fatigué. Toute la cour l'écoutait et le regardait, subjuguée.

Puis l'Empereur déclara qu'il désirait entendre le vrai rossignol chanter encore une fois. Mais il avait disparu. Personne ne l'avait vu s'envoler par la fenêtre, pour retourner dans ses bois. Chacun était trop occupé à admirer l'oiseau mécanique.

"Comme ce rossignol est ingrat!" s'écria le Premier Ministre.

"Qu'il soit banni de mon Empire," ordonna l'Empereur. Puis il revint admirer le rossignol mécanique, et oublia bientôt le vrai rossignol.

On avait posé l'oiseau mécanique sur un coussin de soie, près du lit de l'Empereur. Tous les cadeaux d'or et d'argent qu'il avait reçus, étaient exposés autour de lui.

Une année s'écoula. L'Empereur, la cour, et tout le peuple de Chine, connaissaient note par note, la chanson du rossignol mécanique. Et tous aimaient la chanter en chœur avec lui.

Un soir, l'Empereur allongé dans son lit, écoutait chanter son rossignol. Soudain, il entendit un claquement sec, suivi d'un bruit de ressorts. Puis la musique s'arrêta.

L'Empereur sauta de son lit. Il fit appeler l'horloger, qui démonta l'oiseau, et le répara du mieux qu'il put. Mais le mécanisme qui produisait la chanson était très usé. A partir de ce jour, l'oiseau ne devait plus chanter qu'une fois par an.

Cinq longues années s'écoulèrent. L'Empereur tomba malade. Il reposait, pâle et fièvreux, dans son grand lit. Voyant sa mort prochaine, les courtisans s'apprêtaient à accueillir le nouvel Empereur, déjà prêt à lui succéder.

Mais l'Empereur n'était pas encore mort. Il ressentait une douleur dans la poitrine, et lorsqu'il ouvrit les yeux, il vit que c'était la Mort, assise sur son cœur. Elle avait à la main le sabre de l'Empereur, et sur la tête, sa couronne. De l'autre main, elle portait l'étendard impérial.

De part et d'autre de l'étendard, apparaissaient d'étranges visages, certains laids et grimaçants, d'autres agréables et souriants. L'Empereur les entendit conter les bonnes et les mauvaises actions qu'il avait accomplies durant son existence.

L'Empereur, très effrayé, appela ses courtisans afin qu'ils jouent du tambour. Il ne voulait plus entendre ces affreux murmures. Mais les courtisans ne répondirent pas.

Il ordonna à son oiseau mécanique de chanter, mais celui-ci resta silencieux. Comment aurait-il pu chanter, puisque personne ne l'avait remonté?

L'Empereur ne pouvait échapper aux voix terribles qui le harcelaient.

Et soudain, la plus douce des musiques parvint à ses oreilles. C'était le vrai rossignol! Il avait appris que l'Empereur était mourant, et venait lui rendre un dernier hommage.

A mesure qu'il chantait, les horribles visages s'effaçaient. Quand ils eurent disparu, la mort elle-même, émue par tant de beauté, s'éloigna de l'Empereur. Et, comme une ombre blanche et glacée, elle sortit par la fenêtre pour retourner au tombeau où elle habitait.

L'Empereur se sentait beaucoup mieux.
Quand il se redressa, des larmes de
bonheur brillaient dans ses yeux.

"Merci, cher rossignol," dit-il. "Toi
que j'ai banni de mon Empire, tu es
revenu me sauver de la mort. Je ne pourrai
jamais assez te remercier."

"Vous l'avez déjà fait," répondit le rossignol. "J'ai vu les larmes dans vos yeux, comme le premier jour où vous m'avez entendu. Et maintenant dormez, et je vais chanter encore."

L'Empereur s'endormit alors paisiblement. Quand il s'éveilla le lendemain, le rossignol était toujours là, chantant sur le bord de la fenêtre.

"Désormais, tu resteras toujours avec moi," dit l'Empereur. "Je vais casser cet oiseau mécanique en mille morceaux."

Mais le rossignol implora l'Empereur de ne pas briser l'oiseau mécanique. Puis il lui dit : "Je ne peux pas vivre au palais, mais chaque soir, je viendrai à votre fenêtre, et je chanterai. Je vous apporterai des nouvelles de tout l'Empire. Mais vous devez me promettre de ne révéler à personne que je suis revenu chanter pour vous. Et tout ira bien.''

L'Empereur promit, et le rossignol s'envola vers sa chère forêt.

Et, quand les courtisans entrèrent, croyant trouver l'Empereur mort, il les accueillit d'un retentissant ''bonjour!''